ENREDOS
DE FAMILIA

45

Título original: *La ronde des familles*

Adaptación: Mª Dolores Caballer Gil
Corrección de estilo: Belén Cabal

Editado por acuerdo con Actes Sud
Texto © 1997 Virginie Dumont y Bernard Soria
Ilustraciones © 1997 Michel Boucher

Primera edición en lengua castellana para todo el mundo:
© 2003 Ediciones Serres, S. L.
Muntaner, 391 - 08021 – Barcelona

www.edicioneserres.com

Fotocomposición: Editor Service, S. L.

ISBN: 84-8488-098-2

Impreso en la U. E.

El árbol de la vida

**VIRGINIE DUMONT
Y BERNARD SORIA**

ENREDOS
DE FAMILIA

**Ilustraciones de
MICHEL BOUCHER**

SerreS

Para Sylvain, Clémentine, David, Arthur...
y para todos los demás...

Índice

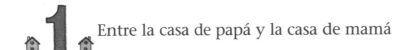 

 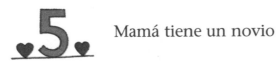

1

ENTRE LA CASA
DE PAPÁ
Y LA CASA
DE MAMÁ

LAS LLAVES NUEVAS...

PAPÁ

JULIO Y CARLOTA

ANTONIO

SILVIA

Hoy es viernes, pero no es un viernes cualquiera: por primera vez, Carlota y Julio pasarán el fin de semana en casa de su padre, Antonio.

A la salida del colegio, él los espera al volante de un enorme camión.

–¡Venga, venid!, vamos juntos a elegir los muebles de vuestra habitación.

EL CAMIÓN...

–¡Bravo! –grita Julio– ¿Te has comprado un camión?

–No, lo he alquilado sólo para transportar los muebles.

–¿Puedo traer a mis amigas? –pregunta Carlota.

–Otro día, si quieres. Hoy vamos sólo nosotros.

¡En marcha! Todos de camino hacia las tiendas de muebles.

¡Vaya aventura!

–Yo –dice Carlota– siempre he soñado con una cama que tenga

la cabecera blanca y esté llena de grandes lazos, y con una bonita alfombra rosa.

–No, no puede ser. ¡Tú no eres una princesa! Vamos a elegir una litera. Así, yo tendré sitio para mi tren eléctrico.

–Ni pensarlo, no quiero dormir cerca de ti. ¡Tú roncas!

–Y tú, con tu luz no me dejas dormir.

–Vale, ya basta –concluye papá–; parecéis un matrimonio peleándose.

Cuando llegan a casa, hay que montar los muebles. Julio y su padre están concentrados mirando las instrucciones. Carlota, muy exaltada, se imagina en voz alta todas las formas posibles de arreglar la habitación.

–Pero, ¿no te das cuenta de que nos molestas? –exclama Antonio–. No paras de moverte y no haces nada. ¡Pareces tu madre!

–No tienes derecho a hablar mal de mamá, aunque sea un desastre con el bricolaje –comenta Julio; mientras que Carlota, ofendida, se va a lloriquear al salón.

Bastante tarde, por la noche, por fin está montada la habitación. Para celebrar el acontecimiento, encargan una gigantesca pizza. Es la primera cena en la nueva casa de papá.

–¿Por qué ahora vivimos más con mamá que contigo? –pregunta Carlota.

–Es por los mimos –responde Julio, sin duda alguna.

–Pero los mimos de papá también cuentan. Podríamos hacer mitad y mitad.

EL REPARTIDOR DE PIZZAS

–De momento es así. No sois vosotros quién decide –amablemente, papá corta el tema–. Ya veremos cuando seáis más mayores.

Y, fin de semana tras fin de semana, la casa de papá se va organizando.

Antonio adora las plantas verdes; así que poco a poco va transformando el apartamento en una selva virgen.

La habitación de los niños se parece bastante a la que tienen en casa de su madre.

LAS LLAVES DE MAMÁ...

El apartamento de Silvia, su mamá, no ha cambiado. Sólo faltan las cosas de papá. Es mamá quien no está igual del todo, siempre parece que está agobiada. Ahora, en casa tiene que hacerlo todo ella, aparte de su trabajo. Carlota y Julio han olvidado los buenos propósitos que tuvieron en el momento de la separación: él vuelve a desperdigar sus calcetines por todas partes; a ella continúa sin gustarle ningún tipo de pescado, ni siquiera el rebozado.

–Tengo hambre, ¿qué comemos esta noche? –pregunta ella.

–No he tenido tiempo de ir a comprar. Queda pescado rebozado y arroz.

–No me gusta el pescado rebozado, y sabes muy bien que el arroz me da dolor de barriga.

–Además, esta semana, ¡es la tercera vez que comemos lo mismo! –añade Julio, suspirando.

PESCADO REBOZADO...

–Si no estáis contentos, iros a cenar a casa de vuestro padre. ¡Seguro que cocina tan bien como siempre! Además, él no tiene otra cosa que hacer.

–Siempre te metes con papá; si trabajaras menos, tendrías más tiempo –refunfuña Carlota.

–Yo pienso que el arroz de mamá es el mejor del mundo... –se atreve a decir Julio tímidamente.

Los días en casa de mamá, generalmente, son los días de colegio: por la mañana, hay que revisar las carteras; por la noche, hay que hacer los deberes; preparar los bocadillos para las salidas; comprar los regalos para los cumpleaños de los amigos y las amigas. Y además, el teléfono: Antonio tiene la costumbre de llamar todas las noches antes de la cena. Eso no impide que Carlota siempre tenga una razón importante para localizarlo. Algunas veces, él no está...

–¡Ah, al fin respondes! Es la tercera vez que te llamo. ¿Qué haces cuando no estás en casa?

–¿Cómo estás, mi vida? Estoy contento de oírte.

–Te llamo porque tú conoces bien los árboles del bosque. ¿Cómo es de grande un árbol genealógico?

–¿Un árbol genealógico? Para empezar... ¡no crece en el bosque! Y los hay de todos los tamaños, todo depende de dónde comience.

–¡Uf! Demasiado complicado. Bueno, te paso a Julio, un besito.

–Hola –dice Julio–, mira qué dibujo tan bonito he hecho para mamá.

–Pues... por teléfono es un poco difícil de ver...

–¡Ah, es verdad! Vale, adiós.

11

Con sus dos casas, Carlota y Julio, se han convertido en grandes viajeros. Sin embargo, aún sigue siendo un poco complicado ir de una a la otra.

Cada fin de semana preparan sus cosas para ir a casa de papá. Cuando van a salir, están contentos de volver a encontrarse con Antonio, pero también un poco tristes por separarse de Silvia. Sobre todo, cada vez están más decepcionados porque no pasan ningún momento los cuatro juntos.

Además, mamá está nerviosa porque ha aparcado en doble fila, papá tiene prisa porque no ha tenido tiempo de ir a comprar. Aparte, a Carlota le gustaría que Antonio besara a Silvia, pero ella está demasiado ocupada diciéndole todo lo que tiene que hacer.

¡Una lista enorme!

– Bien: - Julio - tiene - otitis. - Te - he puesto - los - medicamentos; - la dosis - está - marcada - en - los - frascos. - Carlota - ha - perdido - su - bolsa - de - deporte, - necesita - una - para - el - lunes. - Tienes - que - firmar - las - notas - y - que - llevar - los - libros - a - la - biblioteca. - Julio - tiene - que - ir - a - un - cumpleaños - a - las - 15 h. - Carlota - tiene - clase - de - baile - a - las - 15.30 h. - Tienen - que - pasar - a - saludar - a - los - abuelos - antes - de - las - 18 - horas. ¿Qué has pensado hacer con ellos este fin de semana?

Evidentemente, Antonio siempre olvida hacer la mitad de cosas... Para Julio, lo más complicado es no equivocarse y decir papá en vez de mamá.

–Y mamá en vez de papá.

–¡Lo único que tienes que hacer es llamarlos PAMÁ o MAPÁ a los dos! –le sugiere Carlota.

–¡Ah, no! –replica Julio–. Papá es papá, y mamá es mamá.

El domingo por la noche, Antonio los lleva a casa de su madre. Todos están más relajados, pero no hablan demasiado. Cuando su padre se ha ido, Silvia les pregunta sobre el fin de semana. Ellos no tienen muchas ganas de contestar.

–Si quieres saber, pregúntale a papá –dice siempre Carlota.

–Y yo tengo otitis y no oigo bien –añade Julio.

Cada vez que vuelven, tienen que hacer de nuevo las maletas en casa de papá y deshacerlas en casa de mamá. No estaría mal tenerlo todo por duplicado; pero hay algunos objetos que son únicos: la mantita de Julio, por ejemplo.

–No la puedes llevar así a casa de tu madre.

–Sí.

–Entonces voy a lavarla.

–No, a mí me gusta así.

Cuando Julio olvida su mantita es un drama...
Se diría que los utensilios de clase, también
desaparecen a propósito justo en el momento
en que los niños los necesitan.

LA MANTITA...

–Hola, Antonio, soy Silvia. Carlota ha olvidado su redacción en
tu casa y es imprescindible que la tenga para mañana por la
mañana.

–No puede ser, yo mismo la he puesto en su cartera –se altera
Antonio.

–Siempre la misma historia –añade Silvia–, si la hubieras puesto,
estaría en la cartera.

–¡Estoy seguro de haberla puesto!

–De hecho –de pronto, Carlota lo recuerda– creo que la he
dejado esta mañana en mi taquilla, en el colegio...

Cansados de este continuo vaivén, Carlota y Julio se preguntan
si no existe otra solución.

–De acuerdo, ellos ya no se quieren, pero nosotros viajamos
demasiado.

–¿Y si plantáramos una tienda en la plaza? Mamá vendría
durante la semana, y el fin de semana vendría papá.

–¡Y nosotros no cambiaríamos más de casa y los veríamos a los
dos!

ALGUNAS VECES LOS NIÑOS   SON MUY SENSATOS

CUANDO
VIVÍAMOS
TODOS JUNTOS

SILVIA,   JULIO,   CARLOTA Y   ANTONIO

LA CAMA DE CARLOTA...

A veces, justo antes de dormirse, Carlota se acuerda del
momento de la separación de sus padres, el verano pasado.
Antonio, Silvia, Julio y Carlota habían visto una comedia
americana que contaba la extraña historia de un papá
divorciado y de sus hijos. La película les había hecho reír
mucho.

–Yo creo –dijo Julio– que el papá de la película se ocupa muy
bien de sus hijos. Debe ser muy triste vivir sin él.

–De todos modos, vosotros estaréis siempre juntos –afirmó
Carlota–. Además, me cuesta bastante imaginarme a papá
haciendo el payaso para vernos, como en la película.

–¿Por qué el señor y la señora se han separado? –había
preguntado Julio–. Parece que quieren a sus hijos.

LA PELÍCULA...

–Es difícil de explicar. No es con sus hijos con los que no funcionan las cosas; es entre ellos. Ellos se entienden como padres, pero ya no están enamorados como lo estaban cuando se casaron.

–Entonces, ¿por qué ya no se quieren? –insistió Carlota.

–A ver, cariño: cuando dos personas deciden vivir juntas desean realizar algunos sueños. Después, a medida que pasan los años, cada uno cambia y, a veces, se dan cuenta de que ya no tienen mucho en común, aparte de los hijos. A ti también te pasa, tampoco ves a algunos de tus amigos a los que querías mucho hace dos o tres años.

–¡Pero nosotros no somos mayores! –exclamó Carlota–. ¡No tenemos hijos!

–Algunas veces –añadió Julio–, vosotros gritáis como en la película, y eso me da miedo.

–Cariño, gritamos cuando no podemos hablar calmados. Es lo mismo que cuando os reñimos, y eso no quiere decir que no os queramos.

–Bueno –dijo Julio–, vosotros no os divorciaréis nunca. ¡No estamos en el cine! Dime, mamá, ¿vamos a comer pasteles?

Después de una noche tan llena de emociones, los niños se fueron a dormir sin poner trabas.

Pero Julio susurró al oído de su hermana:

–Oye, ¿me das la mano?

–Nosotros dos estaremos siempre juntos –respondió Carlota.

Fue al día siguiente, antes del habitual paseo en bicicleta de los domingos por la tarde, cuando Antonio y Silvia les dieron la noticia.

–Mamá y yo ya no nos entendemos y hemos decidido no seguir viviendo juntos.

–Ya no nos queremos y continuamente discutimos por tonterías. Es mejor que vivamos separados –explicó Silvia.

–Que nosotros ya no nos queramos no quiere decir que os queramos menos a vosotros. Yo viviré cerca de casa, no cambiaréis de colegio y nos veremos lo más a menudo posible.

–¡Ehhh! ¿Es una broma? –preguntó Julio en voz baja.
Como única respuesta, su hermana le dio una patadita.
Durante el paseo en bici, los niños no hablaron más del tema.
Antonio y Silvia estaban inquietos pero al mismo tiempo se
habían quitado un peso de encima.

El resto del día pasó tranquilamente, al menos en apariencia; pero por la noche, en su habitación, Carlota y Julio no podían dormirse:

–¿Crees que ya no se quieren por nuestra culpa?

–No, a lo mejor sólo están enfadados y vuelven a reconciliarse –balbuceó ella.

–Sí, pero no gritaban, y cuando se está enfadado se grita.

–Julio, tengo una idea, vamos a ser muy buenos. Desde ahora, tú te comerás las judías verdes, los guisantes, las espinacas, las coliflores y las lentejas.

–¿Todo? Bueno, vale. Y tú te comerás el pescado, aunque no esté rebozado y aunque sea de color rosa.

–Y además, cuando te pongas el pijama, enseguida pondrás tu ropa en la cesta, en vez de dejarla desperdigada –puntualizó Carlota.

–Pues tú, taparás siempre el pintalabios de mamá.

–¡De acuerdo! –dijo Carlota dándole la mano.

Al final se durmieron, tranquilos, convencidos de haber encontrado la solución perfecta.

Carlota también suele recordar el día en que Antonio se mudó: ellos se habían prometido ser aún más buenos. No se sabe nunca, quizás eso lo haría volver...

LOS NIÑOS NO RENUNCIAN FÁCILMENTE...

3

AHORA NO
DORMIMOS
IGUAL QUE ANTES

SILVIA

ANTONIO

JULIO Y CARLOTA

EL DESPERTADOR...

Antes de la separación de sus padres, Carlota y Julio solían acostarse hacia las nueve de la noche, después de que papá les contara una historieta y de que mamá les hiciera un mimito. Después, Carlota leía un rato en su cama, mientras que Julio se dormía plácidamente.

Ahora, es algo diferente: se van a la cama a la misma hora, pero se duermen mucho más tarde.

EN CASA DE SILVIA:

En casa de su madre, Julio tiene muy claro que no está papá para contarle una historieta. Entonces, él junta a todos sus peluches en la cama y les habla. Le gustaría que su hermana los besara uno a uno. Normalmente ella se niega, y entonces Julio llama a su madre.

–¡Mamá! ¡Carlota no me deja dormir!

–¡Es mentira! Es él, que no quiere acostarse.

–No, no soy yo, son los peluches: no los has querido besar y por eso se ponen nerviosos.

Silvia, harta, termina por besar a los treinta y ocho peluches, uno a uno, para que Julio se duerma.

Unos minutos más tarde, él vuelve a aparecer:

–Mamá, ¿estás segura de que los has besado a todos? La rana y la pantera están llorando, y yo no puedo dormir.

El momento de irse a la cama también es el momento de las

preguntas. Los niños se interesan mucho por la vida de sus padres.

–Oye, mamá, cuéntanos otra vez cómo conociste a papá.

–Ya lo sabes perfectamente, en casa de unos amigos, aquella noche me hizo reír mucho.

–Y ahora ¿aún te divierte?

–No –Silvia continúa –. Un día me dio una sorpresa: vino a buscarme en coche y...

–¿De qué color era el coche? –pregunta Julio.

–¡Hmmm...! –reflexiona– Era un descapotable...
no sé si era... verde; no, azul, o gris.

EL COCHE...

–¡A pesar de todo, no lo habrás olvidado! –se indigna.

–Y ¿por qué no estabais casados cuando yo nací? –pregunta
Carlota.

–Porque antes de tener el primer hijo eso no nos parecía
indispensable.

–Y cuando yo nací –dice Julio muy orgulloso– ¿estabais
enamorados y casados?

–Sí, pero eso no cambia nada.

–Sí, porque cuando uno no está casado, al menos no se divorcia
nunca –precisó Carlota.

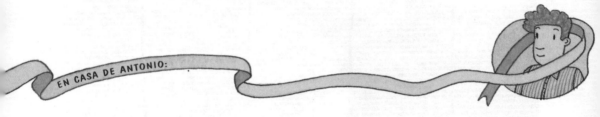

EN CASA DE ANTONIO:

En casa de su papá, Carlota y Julio piden una historia para cada
uno, y eligen a propósito los libros más gordos. Carlota vigila
atentamente a su padre. Y cuando él intenta ahorrar tiempo
saltándose palabras, ella le pide que vuelva a leer toda la página.

–Ya estoy harta de las historias de familias. ¡Siempre va todo
bien!

–Es verdad, es mejor cuando dan miedo –añade Julio–, como en
los cuentos. Pero me da rabia que el papá y la mamá se mueran
siempre.

–Tú, ¿podrías inventarte historias? –sugiere Carlota a su papá.

También preguntan a su papá sobre la vida con su mamá:

–Oye, papá, ¿mamá es la mujer más guapa del mundo?

–Cuando conocí a Silvia, me pareció la mujer más
guapa del mundo.

–¿Y ahora?

MISS MUNDO...

–Di, papá, ¿nos podemos enamorar varias veces? –pregunta Carlota.

–Claro que sí –interviene Julio, muy seguro de sí mismo–. Basta con tener varios coches, uno para cada novia: uno azul, uno verde, uno gris...

–Sí, cariño; pero esto no ocurre muy a menudo –responde Antonio a su hija.

–La próxima, ¿podremos elegirla contigo?

–¿El qué? ¿La novia o el coche? –ironiza papá.

–¿Y si un día mamá tiene otro novio? –sigue Carlota– ¿no nos abandonará?

–¡Qué idea! Ese tipo de historias sólo ocurre en el cine.

–Venga, vamos, la sesión se ha terminado, todo el mundo a dormir –concluye papá.

La ceremonia de irse a dormir puede hacerse interminable, aunque parezca que ha terminado. A veces, Carlota y Julio se levantan tras una pesadilla y corren a refugiarse en la cama de su papá o de su mamá. Una vez allí, por casualidad, ya no recuerdan más su pesadilla... Antonio se arrepiente un poco de haberlo permitido. Silvia repite que en su gran cama sólo hay sitio para un novio, que ni se les ocurra pasar la noche allí.

–¡Ah, bueno! ¿Tienes novio? –se preocupa Julio.

–No, pero podría tenerlo.

–Imagínate que te comes tres botes de mermelada de fresa seguidos. Te hartarías y acabaría por darte asco una cosa que tanto te gustaba.

–¿De veras? ¿Podemos hartarnos de lo que nos gusta?

–Si no se tiene cuidado, claro que sí.

26

–¡Ah! Ahora entiendo por qué papá y mamá ya no se quieren.

–A ver, cariño, con los sentimientos no es lo mismo.

–Así, viviendo mucho con mamá y un poco con papá, no vamos a hartarnos los unos de los otros y continuaremos queriéndonos siempre.

–¡Lo mezclas todo: los sentimientos, la mermelada, el amor entre un hombre y una mujer y el amor de los padres por sus hijos! Es posible hartarse del marido o de la mujer, pero no de los hijos.

–Entonces, hay que utilizar palabras diferentes –concluyó lógicamente Carlota.

Su gran diversión aquí es mirar los álbumes de fotos antes de dormirse.

–¿Te das cuenta? –dice Carlota a Julio– el abuelo y la abuela siempre sonríen: el día de la boda, con sus hijos y también después, cuando están solos.

–Es normal, siempre se ha de sonreír para las fotos.

–Sí, pero ¿sabes cuánto tiempo hace que están casados? ¡50 años!

–¡Tanto! –exclama Julio.

–Esto quiere decir 600 meses, 18.000 días,...

–calcula Carlota.

–¿Y cuántos besos? –pregunta Julio.

–Espera que lo piense: cuando dos personas se quieren, por lo menos se dan cuatro besos al día, así que en total 4 veces 18.000 es igual a ¡¡¡72.000 besos!!! No puede ser, ¡es peor que tres botes de mermelada seguidos!

–¿Puede que tengan escondido un secreto? O a lo mejor es que antes aún no se había inventado el divorcio.

LOS NIÑOS SIEMPRE QUIEREN　　　　　　　**EXPLICARLO TODO...**

5

MAMÁ
TIENE UN
NOVIO

LAS TIJERAS...

SILVIA

JULIO Y CARLOTA

SARA Y RAMÓN

Después de las vacaciones, la abuela y el abuelo acompañan a Carlota y a Julio a casa de Silvia: al día siguiente comienzan de nuevo las clases. ¡Vaya sorpresa cuando les abre la puerta!

–¿Qué te ha pasado? –gruñe Carlota.

–¡Qué fea estás! –añade Julio.

–¡Gracias! –contesta Silvia sonriendo–. Al menos, estaréis contentos de verme...

–No es eso. ¿Te das cuenta de lo que has hecho? ¡Y sin avisarnos! –la reprende Carlota.

–¿Tenías piojos? –pregunta Julio.

En efecto, Silvia ha cambiado de peinado: se ha cortado el pelo muy corto. Por eso, Carlota y Julio tienen la impresión de que no es la misma.

Es el principio de una larga serie de cambios, que irán descubriendo poco a poco durante los días siguientes: mamá no suelta ni un minuto el inalámbrico, con el que se encierra en los lugares más extraños del apartamento.

Ya no se altera, ni contra papá, ni contra los calcetines que están desperdigados. Se le olvida revisar las carteras; pero, por la noche, cuando tiene que besar a los peluches, no se olvida de ninguno. Es más, en ocasiones los besa dos veces...

–Oye, Carlota, me parece muy raro, ¿quizá no tendríamos que haberla dejado tanto tiempo sola? –se inquieta Julio.

–No te preocupes, tengo una ligera idea; te la contaré cuando esté segura.

Carlota no tuvo que investigar durante mucho tiempo: al día siguiente, Silvia los lleva a comer a casa de un amigo. Se llama Ramón, tiene una hija, Sara, algo mayor que Carlota. Y, en la mesa, no hay cubiertos para la mamá de Sara.

–¿Dónde está tu mamá? –suelta Julio.

–En nuestra otra casa.

Carlota y Julio lo comprenden rápidamente: Ramón ya no vive con su mujer, y Sara pasa la mitad de la semana en casa de su mamá y la otra mitad en casa de su papá.

–Entonces, ¡tú viajas aún más que nosotros!

–¿Dónde está tu mochila?

Así comienza una animada conversación entre Carlota y Sara sobre las ventajas y los inconvenientes de los diferentes empleos del tiempo. Ramón y Silvia se enternecen, pero Julio se siente un poco excluido de la conversación.

–A mi… me encantaría ver más a menudo a papá, pero tendría la sensación de estar siempre entre los dos.

–¡Ah! yo ya estoy acostumbrada. Además, cuando vaya al colegio, estaré una semana en casa de papá y la otra en casa de mamá.

–¿Y nosotros?, di, mamá, ¿no vamos a cambiar? –pregunta Julio, preocupado.

–No, no de momento; no te preocupes.

Julio, que empieza a aburrirse, se come todas las patatas fritas: cuando se termina el plato, de repente decide saltar a los brazos de su madre y en el trayecto derrama la botella de refresco, que se esparce sobre la ropa de las dos niñas. Carlota salta de la silla para no mancharse, y tropieza con su vaso.

Sara sale veloz a la ayuda de su nueva amiga… y se hace un corte en la mano al retirar los trozos de cristal. ¡Qué jaleo!

–No pasa nada –comenta Julio–. De todos modos, papá no quiere que bebamos refrescos en la comida.

Para tranquilizar a todo el mundo, Ramón y Silvia proponen un paseo por el bosque.

–Podríamos llevar un balón de fútbol –sugiere Ramón.

–No, a mí no me gusta el fútbol, prefiero el rugby. ¿Tienes un balón de rugby?

EL BALÓN...

–No, pero podemos jugar al rugby con el balón de fútbol.

–¡Uf, hay algo que no funciona! Mamá, creo que he comido demasiadas patatas fritas, me duele la barriga.

–A ver, Julio, ¿no te parece que te estás pasando? –se altera Silvia.

–Para nada, estoy enfermo de verdad; y además, ¡eres mala y voy a cambiar de mamá!

Ramón abandona la idea de salir y propone un juego de mesa que le guste a todo el mundo...

Después de una buena merienda, Silvia vuelve a casa con sus hijos. Durante el camino de regreso, tiene muchas ganas de saber su opinión.

–¡Qué día más bueno! ¿Os lo habéis pasado bien?

Los niños, murmurando entre ellos en la parte de atrás, están demasiado ocupados como para responderle.

–¿Crees que es su novio? –pregunta Julio a su hermana–. No se han besado.

–Ya sabes que no se besan enseguida.

–Sí, pero ella no se ha reído mucho con él.

–Es normal, no has parado de montar historias, no lo podemos saber.

–Si fuera su novio, nos lo habría dicho.

NO SIEMPRE RESULTA FÁCIL   EXPLICARLO TODO A LOS NIÑOS...

HAY QUE AVISAR A PAPÁ NOEL

SILVIA Y RAMÓN

CARLOTA

ANTONIO

JULIO

LA TARTA DE CUMPLEAÑOS...

A medida que pasa el tiempo, Ramón viene cada vez más por casa, Carlota y Julio van acostumbrándose bastante bien a su presencia. Sin embargo, hay algo que les preocupa; un día en que su papá va a buscarlos, Julio habla del tema:

–Mamá ¿cómo vamos a hacer para mi cumpleaños?

–Como siempre, Julio, invitarás a tus amigos –responde Silvia.

–Sí, pero ¿es un día-papá o un día-mamá?

–Buena pregunta, cariño –le contesta Antonio sacando su agenda–. ¡Ah, es un miércoles, qué bien!

–¿Te gustaría que organizáramos una tarde en el cine con tus amigos? –propone Silvia.

–Sí, pero ¿y vosotros?, ¿estaréis los dos?

Antonio y Silvia para nada habían pensado en ello. Primero quieren considerarlo juntos tranquilamente: a Silvia le encanta ocuparse de las fiestas para los niños, inventar nuevos juegos, decorar el apartamento. A Antonio le encanta dejar en sus manos la organización de la merienda de cumpleaños y sus alegrías.

–Pero ¿no podríamos hacer algo juntos? –sugiere Silvia.

–¿Te refieres a un regalo?

–Y ¿no sería mejor que vinieras a cenar esa noche?

–En el fondo, es verdad: podríamos reunirnos para celebrar el día de su nacimiento.

Los niños están contentos con esta noticia: por fin van a estar los cuatro juntos. Es la primera vez después de la separación. Además deciden repetirlo en cada aniversario.

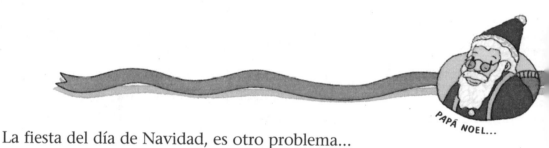

PAPÁ NOEL...

La fiesta del día de Navidad, es otro problema...

Antes, Antonio, Silvia, Carlota y Julio iban a pasar el 24 de diciembre con la familia de papá, y el 25 con la de mamá. Los abuelos desearían continuar así. A Antonio y a Silvia no les gusta la idea.

–¿Pasaremos las Navidades con todo el mundo, como antes? –pregunta Carlota.

–¡Ehhh... bueno! Este año es un poco especial, eso será más difícil... Creo que existen muchas posibilidades de que... yo esté de viaje –responde Antonio, un poco incómodo.

–¡Jo, esto es un rollo! –continúa Julio.

–Para nada, tendréis un día de Navidad con mamá y un día de Navidad con papá.

–No, es un rollo para Papá Noel; tendremos que avisarle.

Es una situación grave: con la ayuda de Carlota, Julio decide escribir una carta a Papá Noel.

Querido Papá Noel,

Espero que no sea muy tarde para avisarte y que tengas tiempo para organizarte. Este año tengo dos Navidades, una en casa de mi papá y la otra en casa de mi mamá; no es la misma casa, por eso es imprescindible que pases por las dos. Pero no te preocupes porque no es muy lejos: yo, a pié, tardo diez minutos. Como esto te costará el doble de trabajo, te pondremos dos veces más de pasteles bajo del árbol de Navidad. Y lo mismo con la bebida. Si acaso no tienes tiempo de pasar por las dos casas, no pasa nada, lo dejas todo en casa de mamá, es la misma de antes, ya la conoces. Aparte de esto, he sido muy bueno: he comido muchas legumbres.

Julio

Afortunadamente, hay otros días importantes más fáciles de organizar: por ejemplo, la fiesta del Día del Padre y la fiesta del Día de la Madre.

Julio, en clase, construye un regalo para cada ocasión; Carlota, compra uno con la ayuda de sus abuelos. Lo que conlleva algunos cambios en el empleo del tiempo.

–El próximo domingo –dice Carlota a su padre–, es el Día de la Madre, tendremos que estar en casa de mamá.

–¡Ah! Se me había olvidado –responde Antonio–. Qué lástima, había pensado llevaros al campo.

EL REGALO...

–Imposible –dice Julio–, no tenemos derecho, es algo intocable.

–No te preocupes –añade Carlota–, pronto será tu turno.

–Dime, papá –pregunta Julio–, ¿la fiesta del Día de la Madre y la

del Día del Padre se han inventado desde que existe el divorcio? Y, además, también hay días importantes que no son días de fiesta.

34

Una noche, Julio se despierta llorando y va corriendo a la habitación de su madre. Le duele la barriga de verdad, y Silvia y Ramón no consiguen calmarlo. Llaman a urgencias para que venga el médico de guardia. Es grave, hay que ir al hospital inmediatamente: se teme una crisis de apendicitis aguda.

–¿Qué quiere decir APENDICITIS? ¿Qué van a hacerme?

–Van a curarte para que no tengas más dolor de barriga.

–Pero no vas a dejarme solo, y quiero que también esté mi papá.

Silvia llama por teléfono a Antonio. Él enseguida va a buscarles. Carlota se queda con Ramón, mientras ellos van al hospital. El médico tenía razón: hay que operarle. Después, Julio tendrá que quedarse una semana en el hospital.

Después de la operación, sólo piensa en volver a casa:

–Yo no quiero dormir aquí solo.

–No te preocupes, papá y yo vamos a organizarnos y siempre habrá alguien contigo.

–Y Carlota, ¿también vendrá?

–No cariño, ella no puede entrar, pero podrás llamarla por teléfono.

LA TELE...

Julio ha pasado ocho días sin ver a su hermana. De todos modos no ha tenido tiempo de aburrirse, y Carlota lo llama todas las noches para que le cuente qué ha hecho ese día:

–Hoy viene papá; mañana, mamá, y el miércoles vienen los dos juntos. Además, me han hecho muchos regalos, y también hay una tele en mi habitación y soy yo quien decide cuándo la voy a ver: yo tengo el mando a distancia.

En algo tenía que darle envidia... Pero, en el fondo, está muy contento de volver a casa: siempre es mucho mejor tener buena salud y dormir en la misma habitación que su hermana.

AUNQUE ESTÉN SEPARADOS, LOS PADRES   **CONTINÚAN SIENDO PADRES...**

BEA Y YO
YA NO SOMOS
NOVIOS

CLAUDIO

CLARA

DAMIÁN

JULIO Y BEA

CARLOTA Y CAROLINA

EL AMOR SEGÚN CLAUDIO...

Como todos los niños, Carlota y Julio tienen historias de amor que pueden ser incluso más complicadas que las de sus padres.

Así que Carlota tiene un novio, Damián; y ella habla mucho de él con sus amigas, Carolina y Clara.

En resumen: a Carlota y Carolina les gusta Damián, al que le gusta Clara, a la que le gusta Claudio, al que no le gusta el fútbol.

–¿Has visto? –dice Carlota–. ¡Damián me ha dicho HOLA!

–A mí también –dice Carolina–. ¿Crees que le gustamos las dos?

–Oye, Clara –continúa Carlota–, ¿podrías ir a preguntárselo?

–¡Ah, no! Si yo le hablo, ¡pensará que soy su novia! ¡Vaya lío!

Julio, tenía la misma novia desde los tres años: Bea.
Impacientes, esperaban hacerse mayores para poder casarse.
Y, esperando, nunca se separaban: siempre se sentaban
juntos en clase, Julio defendía a Bea contra los malos, ella lo
consolaba cuando estaba triste.

Pero, desde que los padres de Bea también decidieron
separarse, ya no es lo mismo. Cuando ella lo invita a la fiesta
de su sexto cumpleaños, Julio no está tan contento como de
costumbre:

–¿Quieres hacerle un dibujo, como todos los años? –le
pregunta su mamá.

–No, ya tiene muchos. Vamos a comprarle un libro.

EL LIBRO...

Hace tiempo, Julio y Bea tuvieron una discusión:

–¿Comprendes? Ya no somos novios –le declara
Bea, sin darle ninguna explicación.

–¿Continuaré yendo a defenderte?

–Sí, pero entonces ¿cómo se sabrá que ya no
somos novios?

–Basta con decirlo. Y, además, tenemos derecho a seguir
siendo amigos. Mi papá y mi mamá siguen siendo amigos:
ya no se quieren, pero se hablan.

–Claro, si ya no se vive en la misma casa, significa que ya no
son novios, pero nosotros estamos en la misma clase,
entonces...

–Escucha, tengo una idea. Sólo tienes que hacer lo mismo
que mi mamá: te buscas otro novio –concluye Julio.

–Eso no es tan fácil, cuando hemos pasado media vida
juntos...

–En primer lugar ha sido necesario convencer a los amigos.
Julio ha tenido incluso que pelearse con un niño que
continuaba diciendo que eran novios.

Bea ha tenido que preguntar a sus amigas qué hacer, y ellas le han dado una lista de prohibiciones:

1) *Ya no volverás más de la escuela con él.*

2) *Ya no os volveréis a sentar juntos en clase.*

3) *Ya no le darás más besitos... y tampoco...*

...le dirás buenos días por la mañana.

Cuando los padres ya no se quieren, por lo menos dejan de vivir en la misma casa y ya no se ven tan a menudo. Sin embargo los niños, aunque ya no sean novios, tienen que continuar viviendo juntos durante todo el día y estar en la misma clase. ¡Qué lío! Por su parte, la mamá de Julio se ha disgustado cuando se ha enterado de la noticia: ella quería mucho a Bea, muchas veces se la llevaba de vacaciones.

–Últimamente no vemos a Bea –se extraña ella.

–Ya no es mi novia.

–Hace tanto tiempo que sois amigos... ¿qué ha pasado?

–¡Oh! Nada... No nos queremos más, y ya está.

–Pero ¿por qué? ¡Parecía que os llevabais tan bien! Seguramente se trata de una pequeña discusión pasajera.

–No, ahora hemos decidido que es así.

El fin de semana siguiente, Antonio, que había sido informado por Silvia, habla aparte con su hijo:

–Julio, no acabo de hacerme a la idea. ¿Bea te ha hecho algo?, ¿tiene otro novio?

–No, aún no, pero está previsto.

–¡Ah, bueno! Pero ¿qué harás si quieres volver con ella?

–Bueno, papá, tú ya lo sabes, cuando dos personas se separan es para siempre.

–Y ni siquiera tienes un aspecto triste –se preocupa Antonio...

LA MERIENDA...

No, Julio no está triste. Lo más difícil es no compartir su merienda de las cuatro y no darse un besito cada mañana.

Intenta tranquilizar a su padre, explicándole que no está enfadado con Bea. Lo que pasa es que, cuando ya no se es pareja, eso tiene que notarse. Si no, se confunde todo.

EN EL COLEGIO SÓLO NOS ENSEÑAN   LENGUAJE Y MATEMÁTICAS...

8

¡YUPI!
NOS VAMOS
AL CAMPO

CARLOTA

JULIO

ANTONIO

LAS MALETAS...

LA FAMILIA DESPISTÍN

LA FAMILIA PIENSATODEZ

Es primavera. Este fin de semana, Antonio, Carlota y Julio van al campo, a casa de unos amigos a los que no han visto desde la separación. Los niños están locos de alegría y muy nerviosos por los preparativos de salida. Sobre todo porque se les ha encargado que se hagan las maletas solos.

En un abrir y cerrar de ojos, Julio ha vaciado sus cajones y lo ha apiñado todo en la entrada:

–¡Qué pasa, es que hay una mudanza! –exclama Carlota.

–Papá ha dicho que íbamos a ver una nueva casa –responde Julio.

–Sí, pero sólo para el fin de semana.

–Carlota, por favor, ¿puedes ayudar a tu hermano?

–¡Bueno! Para empezar, no necesitas tres pijamas.

–¡Sí! Podría tirar mi vaso de chocolate o hacerme pipí en la cama.

–¡Ah, vale! Pero, entonces, ¿por qué llevas tus aparatos de esquí?

–Porque me gustan.

LOS ESQUÍS

–Y tus aletas y el tubo, ¿también te gustan?

–Un poco menos, podría llevar sólo una aleta...

–Y la caja de herramientas de papá, ¿qué hace aquí?

–Es para construir los muebles de la nueva casa.

–¡Estás loco! Y la hucha ¿es para la gasolina?

–No, es por si entran los ladrones mientras no estamos aquí.

–Y tu cartera, ¿es para trabajar?

–No, es para esconder la hucha.

Antonio se pone nervioso y soluciona el problema metiendo al azar las cosas en la bolsa de Julio.

Cuando se paran para comer en un área de la autopista, hay tanta gente que tienen que esperar media hora antes de que los atiendan. Hambrientos, los niños devoran con los ojos los platos de patatas fritas que hay en las mesas de al lado. Para distraerlos, Antonio inventa un juego: hay que poner un nombre a cada una de las familias que hay en la sala.

–No es posible –responde Julio–, estas familias son todas iguales.

–Para nada, mirad –replica Antonio:

LA FAMILIA CALMA   LA FAMILIA DEBATE   LA FAMILIA RISITAS

Llegan muy tarde a casa de sus amigos, los tres niños ya están en la cama. Tanto los mayores como los pequeños están demasiado cansados como para visitar la casa, y todo el mundo se va a la cama.

Al día siguiente, cuando recorren las diferentes salas, descubren pequeños detalles divertidos, como los paneles de modo de empleo:

A decir verdad, esta familia tiene un gran sentido de la organización.

–¡Podríamos llamarlos los Piensatodez! –sugiere Carlota.

Desde el desayuno, papá Piensatodez anuncia el programa del día. Entre las compras, la jardinería, el tenis, la piscina y las comidas, queda muy poco tiempo para relajarse.

Los padres Piensatodez siempre tienen prisa y están activos, no se toman ni un solo minuto de descanso. De golpe, gritan sin parar y se pelean continuamente.

Afortunadamente, han invitado a comer a otros amigos.

Nada más llegar, éstos se dan cuenta de que han olvidado sus raquetas de tenis y los bañadores de los niños.

¡Imposible ir con prisas con despistados de este tipo!

–A ellos, podríamos llamarles los Despistín –propone Julio, a su vez.

Es una comida animada, con todos los mayores contando su vida. La de los Piensatodez es una enorme lista de proyectos... ¡Necesitan diez años por lo menos para poder hacerlo todo! Los Despistín hacen exactamente lo contrario: siempre lo deciden todo en el último momento, según les apetezca. ¡La verdad es que siempre hay para todos los gustos!

En el camino de regreso, Julio se duerme y Carlota habla del fin de semana con su padre.

EL CAMINO DE REGRESO...

–¿Volveremos a ver a los Despistín?

–No sé, con ellos es difícil de prever. Se pueden mudar de un día a otro y olvidarse de avisar a sus amigos.

–¡Ah, claro! ¿Van a divorciarse?

–¡No!, no, se pueden mudar sin tener que divorciarse.

–Ah, mucho mejor. Y los Piensatodez, ¿crees que se van a divorciar?

–¿Por qué dices eso? Ellos se llevan muy bien.

–Pues a mí me parece que no paran de discutir, y eso no es nada bueno para los niños.

–A ver, cariño, yo creo que estarán siempre juntos: para ellos la familia es tan importante que, aunque no estén muy bien el uno con el otro, preferirán no separarse nunca.

–Pues bien, yo creo que se han equivocado. Desde que vosotros os habéis separado, ya no discutís más y, para nosotros, es mejor.

Julio, que se ha despertado, interrumpe a su hermana:

–Al principio, papá y mamá no discutían nunca...

–Tú no te acuerdas, eras demasiado pequeño –lo interrumpe Carlota.

–Y a mí me gustaría que volvieran a estar juntos, sin Ramón –insiste Julio.

SIN DUDA ALGUNA, LA VIDA EN FAMILIA ES BASTANTE COMPLICADA...

TANIA Y ANTONIO

HEMOS CONOCIDO A LA NOVIA DE PAPÁ

SILVIA Y RAMÓN

JULIO Y CARLOTA

LOS ARMARIOS...

Los fines de semana con Antonio son divertidos; pero las semanas en casa de Silvia son más tranquilas. A pesar de que las cosas de Ramón cada vez ocupan más sitio en los armarios, la biblioteca y el botiquín.

–Mamá –dice Julio un sábado por la mañana cuando prepara su mochila–, ¡creo que Ramón tiene un hijo que no conocemos! Además, ¡no lo sabe ni Sara!

–Pero, ¿quién te ha hecho creer eso? –pregunta mamá.

–Es porque él siempre dice que pronto traerá a su Fermín. Yo conozco una historia en la que sale un Fermín muy malo.

FERMÍN...

Mamá se ríe a carcajadas antes de explicarle que se trata de un perchero de madera para la habitación, para colgar su ropa. Julio no está muy seguro de haberlo entendido bien, pero está más tranquilo y se reúne con Carlota en la entrada.

–¿Papá viene a buscarnos? –pregunta Carlota.

–No, os llevo yo; papá ha llamado para decir que iba con retraso.

–¡Otra vez! –exclama Carlota.

Desde hace algún tiempo, los sábados por la mañana Antonio está muy ocupado, no se acuerda de hacer la comida; y, por la tarde, siempre tiene que dormir la siesta.

Eso preocupa un poco a Carlota, que siempre se fija mucho en su papá.

–¡Chisss... Julio!, no hagas ruido, papá duerme.

–¡Pero siempre está durmiendo!

–Es normal, ahora trabaja hasta tarde por las noches: ya lo has visto, nunca está en casa cuando lo llamas por teléfono.

Sin embargo, aunque esté cansado, Antonio siempre está de buen humor: canturrea cuando se afeita, siempre olvida dónde ha aparcado el coche y ya no lleva alegres corbatas.

–Apuesto a que tiene novia –dice Julio.

–¡Dices lo primero que se te pasa por la cabeza! –se altera Carlota.

Un sábado por la noche, Julio encuentra un pintalabios en el vaso de los cepillos de dientes.

–Y esto, ¿es pasta de dientes? –le dice triunfal a Carlota.

–¿Y qué? ¡Eso no quiere decir nada! Es para mí, lo ha comprado para que me disfrace.

Sin embargo, Julio tenía razón...

El fin de semana siguiente, Antonio también está agotado, pero ha cocinado, ha arreglado el apartamento y, con una sonrisa de oreja a oreja, va a buscar a sus hijos.

–Niños, os tengo preparada una sorpresa para esta noche.

–¡Yupi! Vamos al cine –dice Carlota.

–No, mejor que eso.

–Entonces, ¡al circo!

–Sí, has ganado: con Tania. Ya veréis, ¡os encantará!

Carlota y Julio, decepcionados, se esperan lo peor: una madrastra, como las de los cuentos de hadas.

Cuando suena el timbre, corren a su habitación; mientras papá, corre hacia la puerta de la casa.

–Ya he avisado a los niños, están entusiasmados –dice Antonio cuando recibe a Tania–. Están arreglándose en su habitación.

–Toc, toc, toc –llama Antonio–. Adivinad ¿quién ha venido?

–Es la bruja –responde Julio–; no vamos a abrir.

–No, nooo... es Papá Noel, trae regalos –replica Antonio que entra en el juego.

–Sí, sí, siií... –añade Tania en el mismo tono.

–Y ¿cuál es mi regalo? –pregunta Carlota.

–Una muñeca que habla –responde Tania–. Y un coche para Julio.

–Las muñecas no hablan, es mentira.

–Bueno, va, por lo menos vamos a verla –propone Julio.

LOS REGALOS...

Entreabre la puerta y descubre con alivio que Tania no es una bruja. Enseguida va a abrazarla. Carlota se acurruca contra su padre.

Ya en el circo, los niños quieren sentarse entre Antonio y Tania, para no tener miedo. Pero a Antonio también le gustaría estar al lado de Tania. La única solución es acomodar a Carlota sobre las rodillas de papá, y a Julio sobre las de Tania. Fascinados por el espectáculo, durante la noche olvidan las historias de los mayores.

Tania vuelve a pasar otro fin de semana con ellos. Esta vez, ha traído chicles para enseñarles ha hacer globos. Julio está encantado, y a Carlota le cuesta resistirse, a ella le encantan los chicles.

–¿Cenas en casa esta noche? –le pregunta.

–Sí –contesta Tania–, contenta por la invitación.

–Bueno, pues tú preparas la cena con Julio, mientras, yo iré a dar una vuelta en bici con papá. ¿Vale?

LA BICI...

Durante el paseo, investiga dónde va a dormir Tania:

–Hummm... en mi habitación –responde Antonio.

–¿Y tú?

–Hummm... pues también.

Carlota lo ha entendido, no hace más preguntas.
Más tarde, a la hora de irse a la cama, Julio reclama
a Tania un gran mimo.
–¿Conoces a mi mamá? –le pregunta.
–No, pero estoy segura de que es muy buena.
–Sí, es la más buena de todas las mamás. ¿Y tú?
¿Dónde están tus hijos?
–Yo todavía no tengo hijos.

LA CANASTA...

–Pero si eres la novia de mi papá, ¿vas a tener un bebé?
Carlota interrumpe la conversación:
–Apaguemos la luz, tengo ganas de dormir.
A decir verdad, Carlota no está demasiado cansada pero tiene
ganas de estar a solas con su hermano.
–¿A ti te gusta?
–¡Oh sí! nos divertimos bastante; espero que venga todos los
fines de semana.
–Jamás volveremos a estar a solas con papá –suspira Carlota, un
poco triste.
–Para mí es mejor, es como si hubiera una segunda mamá.
Durante las semanas siguientes, Carlota y Julio inventan otro
juego: hay que encontrar un nombre para llamar a Ramón y a
Tania.
–Lo mejor es que los llamemos de una forma amable –empieza
Carlota.
–¡Ah! imposible: un nombre bonito para Tania puede ser, pero
Ramón no me gusta.
–¡Sólo para Tania, ni hablar! Además no estoy de acuerdo:
Ramón es muy guapo.
–Entonces ¿mamá número 2 y papá número 2?
–No, no, sólo hay una mamá y un papá.
Tras una animada discusión, montan la lista de las diferentes
posibilidades en las que han pensado:

10

MUCHOS AMIGOS NUESTROS TIENEN DOS CASAS

EL PATIO DEL RECREO...

JULIO

GUILLERMO

RAUL

LEO

SILVIA

CARLOTA

EL MAESTRO

Una mañana, a la hora del recreo, Julio explica a su amigo Guillermo que tiene dos casas: la de mamá y la de papá.

–Y además, ahora, los fines de semana tengo una mamá bis en casa de papá –añade orgulloso.

–No, para nada es verdad que tengas dos casas. Cuando voy a tu casa, siempre voy al mismo sitio.

Julio se enfada mucho porque Guillermo no le cree.
En clase, está de mal humor. El maestro le pregunta
qué problema tiene.

LAS DOS...

–Guillermo dice que miento y ¡que no es verdad
que tengo dos casas!

–Pero es posible –responde el maestro–. Julio no es
el único niño que se encuentra en esta situación.

...CASAS...

–¡Ah, sí!, yo también –interviene Raúl–: tengo una casa
aquí y otra en el campo.

Todos tienen algo que decir sobre el tema; por eso, el
maestro decide dedicar la clase de trabajos manuales al
dibujo de la familia y las casas de cada alumno:

–Yo, sólo tengo una casa y aquí están mamá y mi gato. No he
dibujado a mi papá porque no lo veo nunca.

–En mi familia, todos somos muy golosos; entonces, he
dibujado un pastel-casa y encima están mi papá, mi mamá y mi
hermano.

–Aquí está mi papá que vive con mi mamá y conmigo. Y aquí,
éste es mi papá verdadero.

–Aquí está mi familia, bueno es como si fuera mi familia, porque
yo soy adoptada.

–Y yo –dice Julio–, necesito un folio muy grande para poder
dibujar todas mis casas y todas mis familias.

Al día siguiente, el maestro puso todos los dibujos juntos y
explicó las diferentes familias:

–Cada uno de vosotros ha nacido de la unión entre un hombre
y una mujer: son vuestros padres biológicos. Es un lazo de
sangre, y nada lo puede deshacer: aunque un niño no conozca
sus orígenes y esté educado por una familia adoptiva. A veces,
los padres biológicos se separan, y entonces los niños viven en
casa de su mamá la mayor parte del tiempo y ven a su papá el
fin de semana.

–Pues –dice Julio–, la hija del novio de mi mamá vive tres días con su papá, o sea con nosotros, y tres días con su mamá. ¿Esto es normal?

–Sí, todo es posible. Eso depende del papá, de la mamá y de lo que ambos decidan juntos.

Leo pregunta si un papá de media semana quiere más que un papá de fin de semana. El maestro está en un aprieto. Intenta explicarles que es posible querer mucho a alguien y preocuparse por él sin verlo todos los días; por ejemplo, llamándolo por teléfono.

–Sí, pero no es lo mismo: un beso por teléfono no se siente
–puntualiza Manu–. Si la mamá vive con otro hombre, también
él puede dar besitos y ocuparse de los niños, aunque no sea el
papá.

Todos estos papás y mamás son más difíciles de entender que las
sumas... Afortunadamente, suena el timbre. Es el final de la
jornada.

Silvia viene a buscar a Carlota y a Julio al colegio.
Después de la merienda, hay que hacer los deberes. Carlota debe
rellenar su árbol genealógico.

–Ya lo sabes, he hablado del tema con papá.

En cuanto a Antonio, Silvia, Julio y los abuelos, no hay ningún
problema, cada uno tiene su lugar. Esto se complica con Ramón,
Tania, Sara...

–Cariño –explica Silvia–, un árbol genealógico representa los
lazos de generación en generación. Ramón, de momento, es sólo
mi novio: como no estamos casados, no existe ningún lazo
oficial entre él y yo, ni entre él y vosotros.

–Yo lo sé –dice Julio–: no es un papá bio-ló-gi-co.

–Sí, pero de todos modos, vivimos con él –dice Carlota.

–Con el pez rojo también –corrige Julio.

EL PEZ ROJO...

–¡Sí, pero el pez rojo no nos lleva al colegio! –Carlota
se altera–. Bueno, entonces ¿cómo pongo que vosotros
estáis separados? Además, no tengo ganas de ponerlo,
a la maestra no le interesa.

A Carlota no le gusta contar su vida. Sobre todo porque
ella no puede explicarlo todo, aunque intente
comprenderlo todo.

TAMBIÉN LOS NIÑOS TIENEN DERECHO A   SU PEQUEÑO JARDÍN SECRETO...

11

LA FAMILIA CONTINÚA CRECIENDO

EL METRO Y EL BLOC DE NOTAS...

JULIO, SARA Y CARLOTA

SILVIA Y RAMÓN

LOS GEMELOS

Desde hace algún tiempo, en casa de mamá hay una agitación intensa. Ramón ya no circula sin su metro plegable y su bloc de notas. Dibuja sin parar. Todos los días hay un nuevo cambio: una vez el salón está en la habitación, otra vez la habitación está el comedor, o el comedor en la cocina.

–Carlota, no te preocupes, he atado nuestras camas a la ventana, no podrán moverlas –dice Julio.

¡De repente, todo vuelve a su lugar! Y Silvia afirma:

–No se puede hacer nada, es muy pequeño, hay que mudarse.

–¡Ah, NOOO! –exclaman en coro Carlota, Julio y Sara, que por una vez en la vida están totalmente de acuerdo– ¡No hay ningún motivo!

Sin embargo, sí existe una razón: Silvia está embarazada.

–¿Qué? ¿esperas un bebé? –exclama Julio.

–No –contestan al mismo tiempo Silvia y Ramón–; no un bebé: dos. ¡Vamos a tener gemelos!

–¿Dónde vais a colocarlos? ¡En nuestra habitación no hay más sitio!

–Exacto, por eso hay que mudarse, pero nos quedaremos en el barrio. ¡Prometido!

¡Uf! Carlota, Julio y Sara están más tranquilos: no cambiarán de colegio y siempre podrán ver a su otro padre o a su otra madre. Muy pronto, Ramón y Silvia encuentran una casa más grande. Y comienza otro viaje: el traslado. Hay que elegir las cosas: guardar las que no están destrozadas, deshacerse de las que ya no sirven. Carlota y Julio participan activamente en la organización: ellos recuperan de la basura lo que Ramón y Silvia acaban de tirar: las gastadas zapatillas de ir por casa que tienen orejas de extraterrestre, las medias con carreras que utiliza Silvia para disfrazarse de conejo, las viejas mochilas que aún se pueden usar. ¡Todo eso es absolutamente indispensable en su vida!

LA PAPELERA.

–¡Los gemelos necesitarán mochilas! –suelta Julio.

–No, serán demasiado pequeños como para ir con mochila –responde Silvia.

–Y ¿qué van a hacer para venir con nosotros a casa de papá?
Ramón está un poco incómodo con la pregunta y prefiere salir a comprar el pan.
Es Silvia quien explica la situación a los niños:
–Los gemelos no tendrán que ir a casa de Antonio.
–¡Pero, cuando vayamos allá, no vamos a dejarlos solos!
–Se quedarán con Ramón y conmigo. Antonio es vuestro padre, no el suyo.
–Esto quiere decir que ellos no van a moverse nunca –comprende Julio–. Qué suerte tienen los bebés de tener a su papá y a su mamá en la misma casa.
–A lo mejor eso no dura demasiado… –deja caer Carlota.
Pasan los meses. Silvia lleva a casa el resultado de la última ecografía, donde se puede distinguir bien a los dos bebés.
–¿Te das cuenta de cómo se parecen? –se extraña Julio.
–Eso no quiere decir nada: ¡todos los bebés se parecen! –suspira Carlota.
–De todos modos, tendremos que ponerles dos nombres diferentes para estar seguros de no confundirlos –concluye.

Los niños, impacientes, cuentan los días que faltan para el nacimiento. Y durante un fin de semana en casa de Antonio:
¡¡¡Riiiing!!!
Carlota, como de costumbre, sale corriendo para contestar al teléfono.

–Papá, ya han llegado los bebés, hemos de ir.
Antonio está un poco inquieto: preferiría no ir a la maternidad. Con el pretexto de una cita urgente, deja a Ramón como encargado de llevar a los niños a que conozcan a los recién nacidos.
–Y tú, ¿cuándo los verás? –se preocupa Julio.
–Más tarde, más tarde… –responde Antonio, evasivo.

Comienza una nueva etapa en casa de mamá: todo es tan complicado que hay que hacer una tabla de asistencia.

En casa de Silvia y Ramón	LUNES	MARTES	MIÉRCOLES	JUEVES	VIERNES	SÁBADO	DOMINGO
Carlota	SÍ	SÍ	SÍ	SÍ	SÍ	SÍ / NO	SÍ / NO
Julio	SÍ	SÍ	SÍ	SÍ	SÍ	SÍ / NO	SÍ / NO
SARA	NO	NO	NO	NO	NO	SÍ / NO	SÍ / NO
gemelo 1	SÍ						→
gemelo 2	SÍ						→

Y cuando llega el fin de semana, Carlota y Julio están alegres y tristes al mismo tiempo: no tienen ganas de separarse de los gemelos ni de mamá, pero están contentos de ir a casa de su padre. Allí están tranquilos. Antonio está más disponible para ocuparse de ellos. Silvia, está demasiado ocupada con los bebés.

–Oye, papá, ¿tú también vas a tener un bebé? –le pregunta un día Carlota.

–No, de momento no hemos pensado en eso –responde Antonio.

–Sin embargo, Tania y tú sois una pareja, como mamá y Ramón.

–No es tan simple, y se puede ser una pareja sin querer tener un niño.

–¡Ah, bueno! –concluye Carlota.

REALMENTE, UNO NUNCA PUEDE **ESTAR SEGURO DE NADA...**

CUANDO
NOSOTROS SEAMOS
MAYORES...

SARA

LA ABUELA Y EL ABUELO

CARLOTA Y JULIO

RAMÓN Y SILVIA

TANIA Y ANTONIO

LOS GEMELOS

Por fin, llegan las grandes vacaciones; todos se las merecen tras un año tan lleno de sorpresas: un nuevo novio para mamá, una nueva novia para papá, además de una casa para mamá, una media hermana y un doble bebé.

Realmente, Carlota y Julio necesitan descansar. Dos meses sin desplazarse y sin novedades. ¡Eso son verdaderas vacaciones!

Por parte de papá, el plan ya está controlado: tiene que ir a ver a sus padres, después tiene que pasar por casa de los Piensatodez antes de ir a conocer a la hermana de Tania, que hace una fiesta en la casa de sus abuelos para celebrar que se va al extranjero.

–Dime, Carlota –suelta Julio–, ¿crees que tenemos que llevar
la brújula? Vamos a perdernos con tanta gente
y tantas casas.

Por parte de mamá, el programa es impresionante:
todo el mundo quiere ver a los gemelos. El abuelo
y la abuela por supuesto, y también los padres de Ramón,
que afortunadamente es hijo único. Porque después hay que
dejar a Sara en casa de su mamá, antes de ir a visitar a la tía
abuela del hermano del papá de Ramón. A no ser que el nuevo
novio de la mamá de Sara venga a buscarla a casa de la abuela.
Entonces, ellos irán directamente al mar, a casa del hermano
mayor de mamá que vive en un barco...

–Niños, ¿os parece bien? –pregunta Silvia.

–¡Iremos a nueve lugares diferentes! ¿Me los puedes
enseñar en el mapa?

–¿Es esto lo que llaman LA VUELTA AL MUNDO EN 80 DÍAS?
–pregunta Julio a Ramón.

El día de la salida, Julio se ha vestido de explorador. Lleva
un chaleco multibolsillos con gafas de sol, una lupa, una
linterna, el mapa de España, un planisferio, una brújula,
caramelos, cuerda, una gorra, un ventilador, las manoplas,
su monedero y su mantita.

LA HERMANA DE TANIA

EL BARCO...

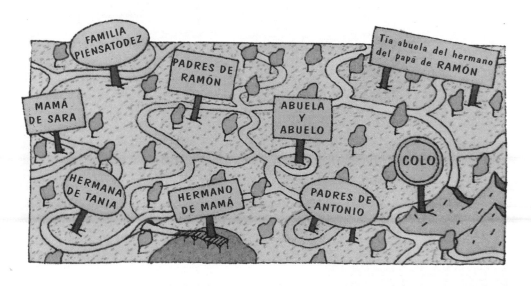

FAMILIA
PIENSATODEZ

PADRES DE
RAMÓN

Tía abuela del hermano
del papá de RAMÓN

MAMÁ
DE SARA

ABUELA
Y
ABUELO

COLO

HERMANA
DE TANIA

HERMANO
DE MAMÁ

PADRES DE
ANTONIO

En cuanto a Carlota, principalmente intenta comprender quién es quién.

–¿De veras, todos forman parte de la familia?

–De forma más o menos directa, sí –le responde Silvia.

JULIO

–No entiendo nada. Voy a intentar aprender los nombres. Esto supone: Jaime y María, Juan y Margarita, Natalia, Irene, Alan y Marcos.

Así que comienza LA VUELTA AL MUNDO EN 80 DÍAS. Más o menos, todo sucede como estaba previsto. Aunque los niños vayan desparramando sus cosas un poco por todas partes: Jaime y María han encontrado unos calcetines, los Piensatodez una camiseta...

Además, están un poco hartos de explicar a la gente quiénes son ellos.

–En esta familia, ¡nadie tiene el mismo nombre! Entonces lo más simple es que me llamen Carlota. Y él es mi hermano. A propósito, Julio se ha entretenido elaborándose una pancarta de identidad:

Tras todos estos desplazamientos, están felices por irse de colonias de vacaciones: pasarán quince días en el mismo lugar, con las mismas personas y sin familiares, ni tíos, ni tías, ni primos... El tiempo pasa tranquilamente en la casa de madera situada al borde del lago. Por la mañana, cuando hace fresco, suben por los senderos para intentar divisar marmotas o gamuzas. Por la tarde, se divierten y se bañan. Pero lo que más les gusta por encima de todo son las veladas.

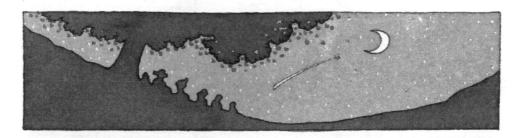

Esa noche, es la noche de las estrellas fugaces. Bien abrigados, dentro de su saco de dormir, los niños examinan el cielo.
–Normalmente, cuando se ve una estrella fugaz, hay que pedir un deseo –explica Carlota.
–A mí me gustaría mucho viajar a las estrellas –dice Lucas–. Es decir –se apresura a añadir–, cuando sea mayor, me gustaría ser astronauta.
–Unos minutos más tarde, en el cielo se ve un puñado de estrellas fugaces y, de todas partes, se oyen los deseos.
–Yo, más tarde, tendré muchos niños que se llevarán muy bien –dice Carlota.
–Yo no –continúa Sara–. Cuando sea mayor, tendré un novio; pero niños no, porque quiero dar la vuelta al mundo.
–Y yo, seré arquitecto y inventaré casas especiales –interviene Julio.
–¿Casas cómo?

–Casas con cajones, como un aparador gigante. En cada cajón habrá un trozo de familia, el papá, la mamá, los abuelos, etc. Y entre los cajones haré pasajes secretos, sólo para los niños.

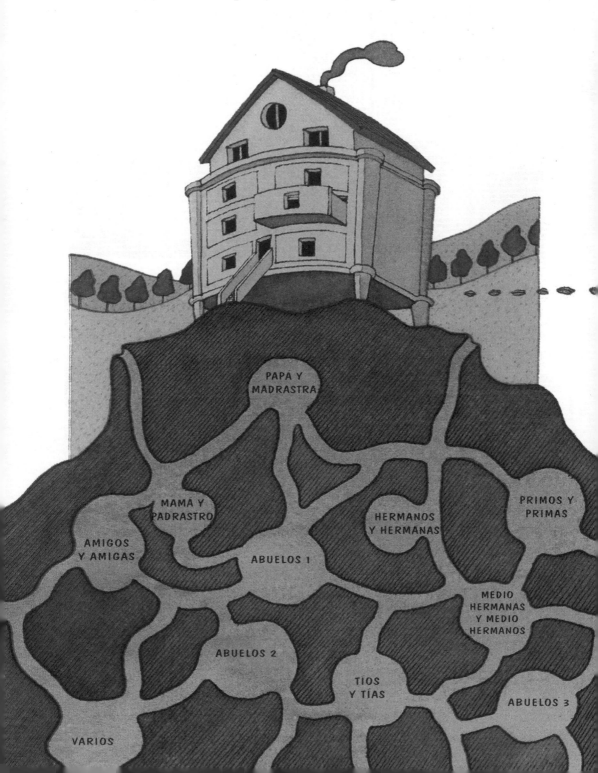